A través de mis cicatrices

M

A través de mis cicatrices

Norman Coloma
@10kveces

Ilustrado por
@blancoymiedo

Montena

Papel certificado por el Forest Stewardship Council®

Penguin
Random House
Grupo Editorial

Primera edición: mayo de 2023

© 2023, Norman Coloma (@10kveces)
© 2023, @blancoymiedo, por las ilustraciones
© 2023, Penguin Random House Grupo Editorial, S. A. U.
Travessera de Gràcia, 47-49. 08021 Barcelona

Printed in Spain – Impreso en España

ISBN: 978-84-19421-59-3
Depósito legal: B-4.229-2023

Compuesto en Compaginem Llibres, S. L.
Impreso en Artes Gráficas Huertas, S. A.
Fuenlabrada (Madrid)

GT 2 1 5 9 3

Este libro va para todos aquellos corazones que alguna vez le suplicaron a otro corazón que le quisiera y en lugar de amor, recibieron heridas que todavía hoy pesan.

Nadie muere de amor, y si tú aún lo dudas, aquí tienes este libro para recordártelo.

ÍNDICE

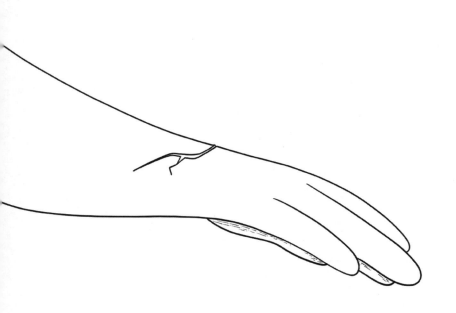

CICATRICES

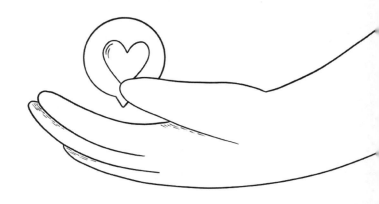

Las cicatrices cuentan cada una de nuestras
historias amargas.

Reflejan los golpes que una vez recibimos.
No duelen, pero nos dejan marca.
No se ven, pero son palpables.

Están ahí para que cada vez que las miremos
recordemos las consecuencias que tuvo ese
impacto.

Dejamos cicatrices en otros,
pero quizá, si fuésemos un poco
menos egoístas, dejaríamos menos
cicatrices y más recuerdos bonitos.

Recuerdos que nos cuenten
que el amor merece la pena,
que no duele, que no ahoga, que oxigena.
Recuerdos que nos hagan ver el amor como
algo positivo, que nos hace crecer,
no como algo a lo que temer.

Recuerdos que nos enseñen a saber querer.

Y tú, ¿qué dejas en las personas?,
¿cicatrices o recuerdos bonitos?

PRIMERA
cicatriz

Mi corazón a sus pies

La primera vez que bailé con el amor viví muchas emociones.

Fue la primera vez que estuve enamorado, y fantaseé con
que aquella historia no tuviese un fin. La primera vez que me
fallaron, que me fallé por alguien, que me rompí desde lo más
profundo de mi ser y me vine abajo con la misma velocidad que
se viene abajo un edificio que es demolido.

La primera vez que me abracé al dolor como quien se abraza
a algo que no quiere perder. Probé el sabor de la traición cada
vez que la besaba, y sin saber que ella no dudaba en hacerme
daño. Entré en un bucle de conceder oportunidades que nunca
cerraron la herida que se abrió en mí.

Todo aquello experimenté la primera vez que el amor llamó
a mi puerta y se la abrí, la primera vez que confundí querer a
alguien con dejar de quererme a mí.

Aquella historia me enseñó muchas cosas. Principalmente me
enseñó que, cuando ponemos nuestro corazón a los pies de
alguien, esa persona no duda en aplastarlo cuantas veces quiere,
pero, sobre todo, cuantas veces permitimos.

El primer golpe te pilla desprevenido; los siguientes, los
consientes.

MÁRCAME, PERO SIN DAÑOS

Déjame marcas que no escuezan,
que no me duelan al tocarlas.

Déjame marcas para el recuerdo,
de esas que, si algún día ya no estás,
me hagan recordar que el trayecto junto
a ti mereció la pena.

Marcas que me hagan pensar que todavía
hay gente en la que puedes confiar,
de esas que llegan a tu vida para hacerte disfrutar.

Marcas que al mirarlas me recuerden que
el amor no es sufrimiento,
ni un tormento,
que es sobre todo crecimiento.

Déjame marcas que, bajo
la piel, escondan momentos
llenos de felicidad, y no traumas.

Márcame, sin miedos,
de cerca, al ritmo de tus besos
y de tus ganas de cuidarme.

Márcame, pero sin daños.

BUSCANDO UNA RESPUESTA

Buscamos una respuesta que cosa la herida;

que se lleve su dolor,
que calme su llanto,
que borre el rastro de insuficiencia,
que la cierre y no deje marca.

Buscamos una respuesta que lo explique todo;

que sea el elixir,
que nos despierte de la pesadilla,
que haga que todo desaparezca,
que lo olvidemos,
que restaure el amor,
que le dé sentido a lo que no lo tiene,
que repare lo irreparable.

Buscamos una respuesta para que transforme
al villano de nuevo en nuestro amor;

que le exculpe,
que le exima de sus pecados,
que nos haga creer una vez más en él,
que le convierta de nuevo en la persona que
pensábamos que era.

A veces, buscando una respuesta,
solo encontramos formas de rompernos.

CRÓNICA DE UNA MUERTE ANUNCIADA

Das la oportunidad,
esperando que todo vuelva a ser como antes,
que el tiempo pase y la herida mengüe,
que el amor resurja de sus cenizas,
que la llama vuelva a prender
y su calor os vuelva a arropar.

Te das cuenta,
más tarde que pronto,
más vacío que lleno,
más muerto que vivo, de que
nunca, nada, jamás
vuelve a ser lo que una vez fue.
De que siempre, absoluta e indudablemente
siempre, será distinto.

Y que pocas, muy pocas veces, por no decir
nunca, te volverás a sentir lleno junto a quien
no le tembló el pulso al apretar el gatillo.

PRIMERA VEZ

Siempre hay una primera vez para todo.

Para dar tu primer beso, que el corazón
se prenda y desvelarle un mundo
desconocido hasta el momento.

Para contemplar un cuerpo
desnudo y notar cómo tu pulso se acelera.

Para enamorarte y que tu alma vuele desafiando
cualquier límite conocido en el amor.

Para entregar tu corazón y aprender que,
aun así, solo a ti te pertenece.

Para dar otra oportunidad,
echarle un pulso al amor y ver quién nos ciega más,
si la pasión o la esperanza.

Para que te rompan en mil pedazos y tengas que
reconstruirte…

Siempre hay una primera vez para volver a
cometer el mismo fallo que la primera vez.

Y así se nos pasa la vida, yendo de
primer fallo en primer fallo, esperando que,
algún día, dejemos de cometerlo.

TODO LO QUE FUIMOS JUNTOS

A veces todo lo que fuimos juntos me visita,
se posa en mí y me abrazo
a esos recuerdos.

Juntos fuimos lo que no
sabíamos que podíamos ser con alguien.
Descubrimos que para tenerlo todo
no hace falta tener mucho.

Todo lo que fuimos juntos es ese torbellino
que momentáneamente se lleva mis penas.
Pero al instante revela el rastro de
todos los daños que causó.

Fue triste cuando acabó todo lo que
fuimos juntos, pero eso me permitió
ver todo lo que dejé de ser contigo.

UNA HISTORIA DE TRAICIÓN

Esa noche se cometió un crimen del que todos hablaron, y desde entonces las campanas de la iglesia no pararon de sonar; era como presenciar un luto permanente. Al principio me irritaban, no las soportaba, despertaban en mí un sentimiento de rabia difícil de contener que a la larga se convirtió en desesperación. Una desesperación con la que me acostumbré a malvivir... Parecía una pesadilla interminable, pero incluso a aquello me adapté, pues no veía otra salida.

Sin embargo, llegó un punto en el que ya me sentía muy hastiado; estaba cansado de soportar ese ritmo tan funesto, tan fúnebre, y decidí ir a la iglesia y poner fin a aquel tormento.

Para mi sorpresa, cuando llegué, todo el mundo me miró atónito, como si hubieran estado esperando mi llegada, como si el milagro se hubiese obrado... Y las campanas dejaron de sonar.

No entendía nada. Alcé la vista y a los pies del altar contemplé un ataúd, el más raro que había visto nunca. Tenía grabado un poema, que decía:

Si no lo cuidas, lo perderás.
Perdido, sus consecuencias sufrirás.
Si por otro lo cambias, su asesino serás.
Una vez muerto, su regreso implorarás.
Para su regreso, mucho esfuerzo invertirás,
muchas lágrimas derramarás,
pero con el tiempo lo recuperarás.
Recuperado, un nuevo mundo descubrirás.

De repente lo entendí todo: estaba asistiendo al funeral de mi amor propio. Me pasé tanto tiempo queriendo a una persona que me traicionaba que al final me traicioné a mí mismo. Yo había sido mi asesino.

Así fue como aprendí que la peor historia de traición, la que más duele, es la que cometes contra ti mismo.

ME MATASTE

Tengo que reconocerlo,
eras la maestra de la hipocresía,
la dueña de la mentira,
la reina de la frialdad,
la aprendiz de la maldad.

Eras egoísta.
No te importaba verme roto,
llorando por lo que me hacías,
enloquecido con tus mentiras,
rozando la histeria, suplicándote amor.

Me mataste una vez, y me hiciste ver que
yo era el culpable de mi propia muerte.

Te rogué otra vida, y me la concediste.

Me convertiste en tu experimento,
aprendiste a matarme,
a castigarme,
cada vez mejor,
con mayor virulencia,
más rápido,
sin tan siquiera esconderte.

Cuando aún estaba asimilando la muerte
anterior, me volvías a matar,
sin contemplaciones, sin miramientos.

Aún no sé cómo lo hice,
pero dejé de malgastar vidas en ti.

Entonces fuiste tú la que me pidió una nueva vida, como si no te hubiera dado suficientes.

UNA MENTIRA

Una mentira dicha muchas veces
no se convierte en verdad.

Un «te quiero» repetido hasta la saciedad
no se convierte en real.

LOS QUE TÚ ME DABAS

Algún día te hablaré de que hay abrazos
que alivian el dolor cuando la herida
aprieta.

Abrazos que te ayudan a sostenerte
cuando parece que todo está a punto de
derrumbarse.

Abrazos que te transportan justo
al sitio que necesitas.

Algún día te hablaré de que esos abrazos
eran los que tú me dabas.

A LO PASADO

Para poder avanzar en el presente, tienes
que dejar de pensar en lo bueno que fue
algo en el pasado. Por mucho que pienses en ello,
no va a volver a ser como un día fue.

La vida es, ante todo, cambio,
y lo que hoy te llena mañana te vacía.

Intentar encontrar felicidad en el presente
por cosas que sucedieron en el pasado jamás
funciona.

A lo pasado,
el camino nunca bloqueado,
siempre despejado.

TUS RECUERDOS

Hay días que tus recuerdos son
como ese aire que necesito para respirar,
son ese dedo que hurga en mi herida.

Hay días que tus recuerdos son como ese
mapa hacia un tesoro que perdí.

Hay días que tus recuerdos son la única vía
de escape de una realidad que no acepto.

Hay días que tus recuerdos son como esa
canción que me pongo en bucle.

Tus recuerdos son como esa
montaña que aprendí a escalar:

me costó mucho llegar a la cima,
pero, una vez arriba, lo vi todo distinto.

A VECES PIENSO

A veces pienso en todo lo que viví junto a ti…

En todas las veces que me dijiste que me querías.

En cómo me sentí la primera vez que te abracé.

En cómo, a tu lado, sentía que me podía comer el mundo; porque si el mundo me comía a mí, ahí estabas tú para rescatarme.

A veces pienso en cuando no había día sin tus buenos días…

En que ojalá pudieran repetirse todos esos momentos junto a ti.

A veces pienso en todas las veces que te pienso, y me digo que debería dejar de pensarte.

Todas esas veces terminaron en el instante en que te fuiste y me dejaste… pensando en todas esas veces.

LA CURA EN LA HERIDA

Y tú deseando dormir con quien te quita
el sueño.

Así somos cuando no nos queremos,
buscamos la cura en la herida.

SUPERADO, NO OLVIDADO

Dicen que con el tiempo todo se olvida,
pero yo creo que el tiempo te ayuda a superar,
no a olvidar.

La herida se convierte en cicatriz, lo que
antes no te dejaba dormir ahora ni lo
piensas, y si lo piensas, ya no escuece por
esa persona, pero sí por ti, por pensar que
regalaste tu tiempo a quien no lo supo
apreciar.

Cuando alguien se va haciendo algo que te
causa dolor, lo superas, pero difícilmente
lo olvidas.

Y no, no es la persona a quien no olvidas,
es la sensación de juguete usado que se te
queda, la culpabilidad por no haber sabido
ver lo que era tan evidente.

TU CALMA

Y es que después de la tormenta,
yo solo esperaba tu calma.

LA OPORTUNIDAD DE SER FELICES

Me empezó a fallar,
sin titubeos, sin medias tintas,
sin pensar en lo que hacía,
sin remordimientos.

Había tanto amor en mí
como oportunidades le di.
Había tanto amor en mí…,
pero en ella no había nada.

Por cada oportunidad que le daba
de quererme me alejaba,
el cuchillo se afilaba,
que yo por ella me atravesaba.

Dejé de dárselas,
de aguantar el daño.
Me sacudí el miedo a la soledad,
lo miré a la cara; arranqué sus dudas,
me enfrenté al dolor,
rompí con él y también con ella.

Al final, comprendes que por cada
oportunidad que damos a quien siempre
falla nos quitamos a nosotros mismos la
oportunidad de ser felices.

MÍO ERA EL CORAZÓN, TUYO EL PUÑO

En el amor a veces sentimos que tenemos
el corazón en un puño.

Mío era el corazón, tuyo el puño que
no dudó en apretarlo hasta hacerlo añicos.

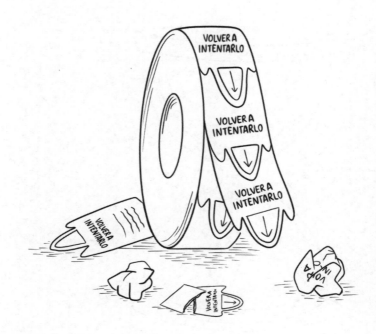

SEGUNDA
cicatriz

La persona adecuada en
el momento incorrecto

Ella lo tenía todo, todo lo que entonces yo buscaba en una persona, pero sus circunstancias personales hacían que el momento no fuese el indicado. Al menos, eso era lo que me decía. Decidí esperarla, porque consideraba que valía la pena, que era una persona por la que tenía que apostar.

Mientras ella priorizaba su vida, yo aparqué la mía, creyendo que, alguna vez, sería nuestro momento. Pero el tiempo pasó y nunca parecía ser el instante adecuado para ella.

De hecho, nunca lo fue.

Hasta que fui capaz de comprender que, para que el momento sea el indicado, depende más de ti que del momento. Le permití muchas idas y venidas, con las que solo recaía una y otra vez, y nunca lograba recomponerme del todo y tener las fuerzas suficientes de empezar a ponerme en valor y alejarme de aquella situación que se convirtió en un embudo por el que se filtraba mi amor propio.

Esa fue la historia que me enseñó que, si para estar con alguien tienes que pasarlo mal esperándole, es que ese alguien no es para ti.

Esa fue la historia que me enseñó que, cuanto más te aferras a esa idea, más te cuesta superarla.

Esa fue la historia que me enseñó que, si el momento no es el adecuado, tampoco lo es la persona.

PARA DARLE VIDA A LO QUE ESTÁ MUERTO

A veces escribo mensajes que no te envío.

Te digo lo que siento,
como si no lo hubiera hecho nunca,
como si eso fuese a hacer que cambie lo
que sientes por mí.

Intento escoger las palabras adecuadas
esperando que se conviertan en ese
interruptor que te haga verlo todo claro.

A veces escribo mensajes que no te envío.

Siento miedo,
me paralizo,
los guardo para otra ocasión,
como un tesoro que volveré a buscar.

No sé qué me da más miedo,
si que me rechaces una vez más
o comprobar que sigo fantaseando con
algo que no va a ocurrir.

A veces escribo mensajes que no te envío.

Son para mí,
para mentirme,
para sentirme bien,
para darle vida a lo que está muerto.

TAN TÚ

Te buscaba,
entre los dedos entrelazados de otras manos,
entre la humedad de otros labios,
entre el sonido de otras risas,
entre las sábanas de otras camas,
pero no te encontraba.

Te buscaba por todas partes,
pero no te encontraba,
excepto en mi corazón;
allí sí te encontraba, siempre lo hacía.

Siendo tan tú,
tan todo lo que necesitaba,
tan todo lo que me hacía feliz,
tan como te imaginé,
tan como nunca fuiste.

QUEMAS TANTO

Tiemblo cada vez que te pienso,
que te veo, que mi móvil vibra
y la notificación es tuya.

Cuando me besas, mi mundo tiembla,
se acelera, se transporta, se viene abajo,
colapsa. Me descubres uno nuevo
con cada uno de tus besos.

Me acaricias, vuelvo a temblar.

No sé si temblar es sinónimo de amor, pero
si lo es, ojalá no parara de temblar contigo.

Tiemblo mientras te contemplo, y pienso que,
aunque viviese muchas otras vidas, no podría
dar con una mujer tan preciosa como tú.

Eres preciosa por fuera,
quemas por dentro.

Quemas tanto que tiemblo,
también de miedo.

Quemas tanto que abrasas.
Abrasas tanto que me abrasaste el corazón.

REALIDAD

Las personas se van, pero los recuerdos se quedan,
y tú los contemplas como esperando que se vuelvan
realidad para poder vivirlos de nuevo.

OJALÁ

Ojalá hubiese más personas de esas a las que sentir no les da miedo, que no frenan sus sentimientos, que entienden que lo bonito de la vida está en vivirla, en sentir sus emociones como son.

Ojalá hubiese más personas auténticas, que sienten de corazón, que si van a por ti es porque de verdad te quieren, que no pasan de cero a cien en un día, y de cien a cero al siguiente.

Ojalá hubiese más personas con las que poder cerrar los ojos y dejarse caer, porque sabes que están ahí para cogerte.

Ojalá hubiese más personas honestas, capaces de decir lo que sienten y lo que no.

Ojalá hubiese más personas que comprenden que al final lo que se queda es lo vivido.

Ojalá hubiese más personas que entienden que amar es una oportunidad y no una necesidad.

Ojalá un día seas tan valiente de quererte tanto como quieres a los demás.

LA FRONTERA

«Quiero estar contigo, pero no puedo, no ahora…
No sé cuándo podré».

Quiero, pero no puedo.
Quiero, pero no puedo.
Quiero, pero no puedo.

Estas palabras no
paraban de resonar en mí,
percutían como un taladro,
se convirtieron en una losa,
fueron el yugo al que me sometí.

Querías, pero decías que no podías.

Como si hubiera un muro imposible de saltar que separase el
poder del querer.
Como si alguien te hubiera arrebatado el poder y ya no fueses
dueña del mismo.

Como si el poder estuviese preso y no supieses liberarlo.
Como si el querer estuviese inmerso en el laberinto del poder y
no conocieses su salida.

Y entonces yo quise poder por los dos, y empecé a saltar
obstáculos, tus obstáculos.

Llegaron las excusas, y las salté.
Llegaron las dudas, y las salté.
Llegaron los peros, y los salté.
Llegaron los momentos no adecuados, y los salté.

Así estuve durante mucho tiempo, hasta que me di cuenta de que esa era la manera de trazar la frontera entre el querer y el poder. Ahí estaba la frontera entre lo posible y lo imposible que nunca te atreviste a cruzar por mí.

Así fue como me quedé a vivir en la frontera entre perderme y perderte.

AHORA SOLO ERES UN RECUERDO

A veces tu recuerdo
me vuelve a hablar
y, aunque sé que no debo,
lo escucho.

Es tan frágil como mis ganas de olvidarte.
Duele, pero también alivia.
Se marcha, aunque siempre vuelve.
Quiere volver a ser realidad.

Se presenta
en forma de tus besos,
me llena por instantes,
se marcha,
siempre lo hace,
me vuelve a vaciar.

A veces tu recuerdo es tan grande que le hace sombra a mi
amor propio, impidiendo que este brille.

Muchas veces recuerdo que ahora solo eres un recuerdo.
Eso me hace recordar que tengo que aprender a quererme
mejor, para que ningún recuerdo sea capaz de arrebatarme mi
felicidad.

LOS OJOS DE LA MUERTE

Mirarte a los ojos siempre era muerte. A veces
cargados de mentiras; otras, desbordantes de dulzura.

Y se ve que yo, ciego, siempre aceptaba morir.

DARLE TIEMPO AL TIEMPO

Lo que a veces no entendemos es que no le damos suficiente tiempo al tiempo para que haga efecto.

En ocasiones, al tiempo nos gustaría quitarle tiempo para llegar más rápido a donde queremos llegar. Otras, querríamos dárselo para permanecer más tiempo con quien nos sentimos felices.

Esto es lo que no terminamos de ver, que lo que necesitamos es darle tiempo al tiempo, y mientras se lo damos, invertirlo en nosotros para seguir avanzando y construyendo esa persona que queremos llegar a ser.

Hasta que no entendemos que todo siempre pasa a tiempo y a su debido tiempo, no dejamos de frustrarnos.

OLVIDARTE

Eres como esa canción que me encanta, que hace años que no escucho pero que me sé a la perfección. Eres como mi película favorita, que no me hace falta verla para recitar de memoria sus fragmentos. Eso eres, fragmentos de felicidad, que por mucho tiempo que pase, ahí siguen.

No sé cómo olvidarte ahora que todavía no acepto que te has marchado.

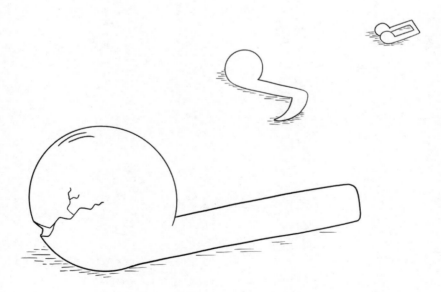

TIEMPO QUE ES VIDA

Le damos nuestro tiempo a la persona equivocada, a esa que no sabe que el tiempo es lo más valioso que alguien puede darte. Esa que trata el tiempo de los demás como si les sobrase, como si el suyo fuese el más importante. Esa que siempre anda pensando que hay tiempo de sobra.

No podemos recuperar ese tiempo, ni tampoco vivir en el lamento, porque la vida sigue avanzando sin esperarnos, pero sí podemos aprender de nuestro error y empezar a dar nuestro tiempo solo a quienes estén dispuestos a compartir el suyo con nosotros. Solo a quienes saben que cada momento juntos es único e irrepetible, y lo disfrutan como tal.

El tiempo es vida. La persona que nos da su tiempo nos está regalando vida e invitándonos a compartir la nuestra con ella.

ASÍ SON

Pasa el tiempo y los sentimientos se resisten a marcharse.

Siguen ahí, intactos,
más vivos que nunca, aferrándose a ti.

Así son los sentimientos, no entienden de tiempo, sino de
cuánto sentías por esa persona a la que se aferran.

SI FUERAS COMO YO TE VI

Si fueras como yo te vi, la imaginación
no hubiera dado paso a los sentimientos,
estaría exento de esos remordimientos
que alimentan mis lamentos.

Si fueras como yo te vi, hoy no estaría escribiendo
esto para dejar de verte como yo te vi.

LO QUE JAMÁS EXISTIÓ

Las heridas causadas por los recuerdos de cosas que nunca
pasaron son las que más tardan en cicatrizar.

Cuando algo ha sido real y acaba
saliendo mal, hay un duelo que aceptar,
sabes exactamente lo que hay que paliar.

Sin embargo, ¿dónde hay que tocar para cerrar un pasado
de algo que jamás existió?

VOLAR LIBRES

A veces, tienes que darle espacio al recuerdo
para que se adapte,
para que no duela,
para que se transforme,
para que rompa sus cadenas y vuele libre.

A veces, nosotros tenemos que abrirle la celda a
ese amor del que fuimos prisioneros, dejarlo salir y
empezar a volar libres.

SIN TI, PERO CONMIGO

Me gustaría que fuese contigo, porque contigo me siento feliz,
pero el problema es que contigo significa sin mí.

Sin mí, porque contigo noto que dejo de ser yo.
Sin mí, porque he aguantado cosas por ti que sabía
que no eran buenas para mí.
Sin mí, porque empecé a pensar más en ti
que en mí.

Sin mí, porque nunca eres clara conmigo.
Sin mí, porque solo piensas en ti.

Sin mí, porque nunca me das lo que necesito.
Sin mí, porque solo es cuando a ti te conviene.

Sin mí, porque decías que tenías ganas de verme,
pero cuando yo me iba, tú nunca me buscabas,
y cuando tú te ibas, yo echaba a correr tras de ti,
olvidándome una vez más de mí.

Sin mí, porque estar contigo empezó a significar sin mí.

Por eso, pese a que me dolía mucho, decidí que era hora
de estar sin ti, pero conmigo.

LA LECCIÓN

«No me mates si después no vas a curarme», le dije.

Ella rio, pues sabía que no iba a ser mi cura, pero sí mi lección.

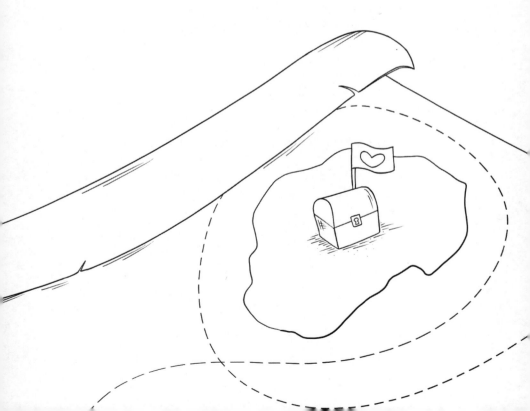

EL TESORO PERDIDO

Llegaste como un torbellino, inundando de felicidad mi vida a una velocidad pasmosa.

Pero un día toda esa felicidad se convirtió en un agujero sin fondo en el que fui perdiendo mi amor propio. Y cuando de repente desapareciste de mi vida, te llevaste contigo mis ganas de quererme.

¿Y tras eso qué?

Navegué sin rumbo mucho tiempo, sin mapa que me indicase las coordenadas correctas hacia mi autoestima.

Buscaba en lugares equivocados, porque no era capaz de entender que ese era mi tesoro, y no iba a encontrarlo en los demás.

Por eso ahora siempre me recuerdo que no debo permitir que ninguna ilusión engulla mi amor por mí, porque yo ya sabía quererme sin necesidad de nadie.

SIN NADA

«Si tú me dices ven, lo dejo todo».

Y lo dejé todo sin que me dijeras ven.

Así fue como aprendí que, si tu todo gira en torno
a alguien, te quedas sin nada.

QUE NUNCA FUISTE NI SERÁS

Duraste demasiado.

Cuando te creía olvidada, volvías a aparecer, removiéndolo
todo, invocando al desastre.
Cuando estaba a punto de vencerte, volvías pidiendo una
tregua, con la careta de inocente puesta, como si nunca me
hubieras roto el corazón.
Cuando ya casi te había superado, recaí una vez más.

Duraste demasiado.

Te convertiste en esa enfermedad que se prolonga y cuesta
tanto superar, en ese clavo que parece imposible de sacar,
en ese martillo pilón que golpea incansable.

Permití que duraras demasiado.

Por la mañana apenas te sentía, pero me estremecía al caer
la noche, me entregaba a tu recuerdo, me sometía al dolor,
me hacía preso de tu anhelo.

Permití que duraras demasiado.

Me agarré a la esperanza de que en algún momento todo
cambiase, me negué a darte por perdida, conservé tu
recuerdo durante demasiado tiempo, lo mantuve vivo.

Sin saber bien cómo lo hice, te sentencié y
abandoné tu recuerdo sin mirar atrás.
Lo enterré, bien profundo, sin
excusas ni esperanzas, sin miedo a ser sin ti.

Esta vez lo hice aceptando que nunca fuiste ni serás.

CARTA A MI YO DEL AYER

No, no envíes ese mensaje, ya lo has hecho muchas veces.
Piénsalo, ¿qué va a ser distinto esta vez?, ¿qué va a cambiar?

En el mejor de los casos te responderá como ha hecho otras
veces, pero sin la claridad que tú buscas, sin que te diga lo que
esperas. Aunque a ti eso te dará igual y volverás a caer de nuevo
en ese bucle que no te deja avanzar, esperando algo que ni ha
sucedido ni va a suceder. Pero si nos ponemos en lo peor, ni te
responderá, te dejará en visto, como ha hecho en tantas otras
ocasiones, y entonces tú te sumirás en esa crisis de insuficiencia
y ansiedad de la que tanto te cuesta salir.

Dime, ¿de verdad mereces eso? Sabes de sobra que no.
Ha habido tiempo suficiente para que te hablase, para que te
dijese que lo sentía, que la perdonases por su actitud, que te
echaba de menos, que echaba de menos hablar contigo y que
le dieras los buenos días. Que quería verte y que la volvieses a
besar como la besaste la primera vez, que quería volver a sacar
su risa de niña junto a ti.

Pero no, eso no va a ocurrir, y aunque ella no sepa que solo una
de sus sonrisas te arregla el día, es hora de que la dejes marchar.

Es hora de que dejes de leer esta carta que escribiste a tu yo del ayer.

Y NO VOLVISTE

No me gustaba mucho su compañía, aunque en parte era algo que yo pedía. Siempre aparecía, por las noches, a la misma hora, puntual, nunca faltaba a la cita.

No era muy de entablar conservación, más bien lo contrario: era parca en palabras, disfrutaba más proyectando escenas de una historia cuyo final ya conocía, ya conocíamos.

Tampoco me gustaba aquel final, era amargo, triste, hacía que me sintiera vacío, como si me faltase algo, como si estuviese solo y aquello me diera miedo.

Un día rompió su silencio, me dijo que no vendría a verme más si yo no quería, que, aunque no lo pareciese, a ella tampoco le gustaba ver siempre lo mismo, pero que era parte de su cometido. Estaba allí para hacer su trabajo, hasta que llegase el momento y yo estuviese listo. Entonces abrí los ojos, entre lágrimas, pero concienciado de que aquella sería la última vez que la vería.

Así fue como le dije a la nostalgia que no volviese.

Así fue como me despedí de ti, y no volviste.

TERCERA
cicatriz

No somos nada

Esa noche todo fue perfecto. Me dedicaste unas palabras muy bonitas, me hiciste sentir especial nuevamente. Cuando llegué a mí casa, hablamos de lo bien que nos sentíamos el uno con el otro. Hablamos de las cosas que haríamos juntos. Hablamos con el corazón, y yo aquella noche dormí con el mío rebosante de felicidad.

Todo fue tan bonito como efímero. Dos días más tarde, dinamitaste toda aquella ilusión. Decidiste que era mejor dejar de vernos. Atónito y desconcertado, quise hablar contigo, entender el porqué. Pero aquel día ibas vestida con una frialdad que yo no conocía hasta el momento. Sin titubear, procediste a romperme del todo. «No somos nada, no tengo que darte explicaciones», dijiste, y acto seguido te fuiste.

Entonces todos mis traumas y fantasmas del pasado aparecieron de golpe capitaneados por aquel «no somos nada», que me persiguió durante mucho tiempo y me hizo sentir tremendamente estúpido por que me doliera tanto algo que no había sido nada.

Aquella fue la historia que me enseñó que las relaciones que no acaban en nada se clavan más en el corazón.

Aquella fue la historia que me enseñó que no ser nada no existe, que siempre se es lo que se siente, pero que no siempre dos personas sienten lo mismo la una por la otra.

Aquella fue la historia que me enseñó que solo las personas que son conscientes de que están rotas no cortan.

COMO UN ENEMIGO

Las experiencias de amor
en ocasiones hieren,
mucho, demasiado,
más de lo que nos merecemos.

Nos sentimos tan malheridos que
no queremos saber nada de él,
intentamos ahuyentarlo,
que se aleje de nosotros todo lo posible,
como si de un enemigo se tratase.

Así es como concebimos al amor
cuando la herida está abierta,
palpitante,
supurando las penas,
desangrando los «te quiero»,
taponando los sueños que se escapan.

Hasta que algún día aparece alguien, blandiendo bandera
blanca en una mano y portando su corazón en la otra. Alguien
que nos enseña que el amor es inofensivo, que su naturaleza es
pacífica, pero las personas, en ocasiones por desconocimiento,
en ocasiones por maldad, hacemos daño.

A veces, ese alguien eres tú.

SIEMPRE VUELVO A TI

Siempre vuelvo a ti,
eres el punto de partida,
el inicio del viaje,
la estrella que,
cuando ando sin rumbo,
me ilumina el camino.

Siempre vuelvo a ti,
cuando ya te he perdido,
para volver a buscarte,
para recuperarte de nuevo,
para jurarte que esta vez te cuidaré mejor.

Siempre vuelvo a ti,
con las mismas mentiras,
con las mismas excusas,
prometiéndote que será distinto,
volviéndote a entregar a las manos
equivocadas.

Amor, siempre vuelvo a ti.

SENTENCIA

Intentar huir del amor es como intentar
huir de la muerte; es imposible.

En algún momento,
no sabes cuándo,
llamará a tu puerta y dictará sentencia.

EL TRUCO

En ocasiones nos cruzamos con personas
que nos embelesan, y nos cuentan cosas
fascinantes que nos encanta oír.

Y nos quedamos allí mirándolas,
embobados, estupefactos,
sin dejar de prestar atención,
como un niño presenciando un espectáculo
de magia.

Entonces… ¡abracadabra!

Hacen el truco,
desaparecen,
se marchan,
se van de nuestras vidas.

Pero un día el niño crece,
deja de creer en la magia,
observa las señales,
le busca la lógica
y descubre la ilusión tras aquel truco.

CON QUIEN DIVERTIRSE MÁS

Cómo rompe cuando se supone que lo que era mutuo deja
de serlo de la noche a la mañana, sin previo aviso.

Cae como un rayo,
fulminante,
en un abrir y cerrar de ojos,
en tan solo unos segundos.
Los mismos que tardan
en deshacerse de ti.

Así es como te sientes,
desechado,
como un juguete,
reemplazable,
de usar y tirar,
porque te han tirado una vez que
se han cansado de jugar contigo.

Porque, no lo dudes, quien se acuesta diciéndote una cosa y
se levanta diciéndote otra solo juega contigo mientras espera
a que aparezca alguien con quien divertirse más.

EXPECTATIVAS FRUSTRADAS

Hubo un tiempo en el que no hacía más que caer en lo mismo: me generaba unas expectativas que finalmente no se cumplían y me frustraba.

En parte, el problema radicaba en mí: esperaba de los demás que hicieran las cosas de corazón, que estuvieran conmigo porque lo sentían, sin dudas, porque de verdad les ilusionaba.

Fueron más las heridas que el tiempo lo que le dio forma a mi respuesta. No todas nuestras expectativas parten de nosotros, algunas son motivadas por cómo actúan las otras personas con nosotros, y de eso no somos responsables. Sí lo somos de pretender que sean como nos gustaría que fueran.

Hay que dejar que los demás demuestren cómo son antes de que empiecen a ser en nuestra cabeza.

PERSONAS DISTINTAS

En muchas ocasiones, la persona que te ilusionó y la que te decepcionó son personas distintas.

La primera la creaste tú, la segunda es alguien que empezaste a conocer en el momento de la decepción.

Por eso te cuesta tanto entender cómo pudo hacerte tanto daño, porque la persona que tú creaste jamás lo habría hecho.

PARAR LA VIDA

¿Cuántas veces no hacemos algo por miedo a lo que pueda ocurrir? ¿Cuántas de esas veces al final acaba pasando justo aquello que temíamos, pese a no haber hecho lo que pensábamos que lo desencadenaría? ¿Cuántas veces no hemos actuado porque no teníamos las respuestas?

Si algo tiene que pasar, acabará pasando, por mucho que lo evitemos, por mucho que intentemos que no suceda, por mucho que nos escondamos, por mucho que no queramos verlo.
La vida a veces duele, pero huir de ella para refugiarnos en nosotros mismos es infinitamente más doloroso, porque la vida siempre acaba encontrándonos.

Lo bonito de la vida está en vivirla, en hacer lo que sintamos, aunque eso nos dé miedo. El miedo a equivocarse, el miedo a que nos hagan daño, el miedo a sufrir, el miedo a no saber qué sucederá si nos dejamos ir…; todos esos miedos siempre formarán parte de nuestro equipaje.

Haz, siente, quiere, equivócate, llora, aprende porque todo eso es lo que hace que nos sintamos vivos.

HASTA QUE LO CONOCES

Al amor a veces le cogemos manía, como a esa
persona que no conocemos bien.

No lo puedes ni ver,
lo quieres lejos,
no te gusta,
te repugna,
lo evitas.

Hasta que lo conoces en profundidad.
Entonces lo entiendes,
tu idea sobre él cambia,
disfrutas su compañía,
lo quieres cerca.

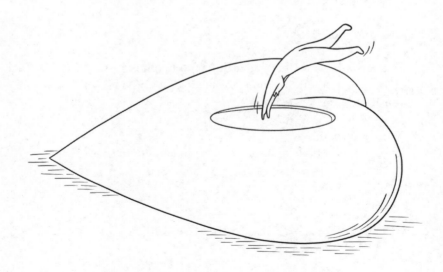

EL CAJÓN DE LAS DECEPCIONES

No siempre
es la decepción en sí,
ni la persona,
ni sus formas,
sino que simplemente es una más,
una decepción más.

Una más para la colección,
un nombre más que añadir a la lista,
un punto más que sube al marcador,
otro recuerdo para no creer,
para dejar de pensar que hay un roto para
cada descosido.

Porque roto y descosido
es como tenemos el corazón,
de acumular tanta decepción.

Una más, una decepción más.

La guardamos en aquel lugar que tan poco nos gusta visitar,
pero que con tanta frecuencia visitamos. En aquel cajón
abarrotado de decepciones.

Allí la guardamos,
junto con nuestras ganas de conocer a alguien más.

ILUSIONES FUGACES

Me cansa un poco lo efímero que es todo hoy en día en lo relativo a los sentimientos.

Apenas nos quedamos en la superficie de una persona y ya nos cansamos, sin tan siquiera querer ver un poquito de su fondo. Hoy te levantas y te sienten mucho, pero quizá mañana ya no te sientan nada.

Quiero sentir cosas reales, quiero sentir que sienten cosas reales por mí. Quiero sentarme a hablar con mi corazón y decirle que esta vez sí, que esta vez hay alguien dispuesto a desbordarlo. Que esta vez sí hay alguien con ganas de visitar sus profundidades. Que esta vez sí hay alguien que entiende que a las personas no se las desnuda quitándoles la ropa, se las desnuda a base de constancia.

No quiero ilusiones fugaces, quiero ilusiones que vengan para intentar quedarse.

A VECES SOLO ME SALE LLORAR

Pues sí,
a veces no me apetece otra cosa,
las circunstancias son las que son,
los sentimientos son los que mandan.

A veces las cosas te afectan porque importan
de verdad. Porque es algo de lo que no quieres
desprenderte.

Ya no se suele sentir,
no al menos de corazón,
no al menos sin coraza.

Pero no soy muy de soler hacer las cosas
como las hacen los demás, soy más de
hacerlas como yo siento que debo hacerlas.

Soy de los que van a tumba abierta,
porque solo así soy capaz de darlo todo.
Soy ese luchador que va con todo,
que deja KO o le dejan KO,
pero que nunca se esconde.

Pero hoy es uno de esos días en los que a veces
solo me sale llorar, porque hoy una nueva ilusión
se convirtió en decepción.

ATARDECER

A todo el mundo le gustan los atardeceres, pero muy pocos se quedan a verlos hasta el final, a observar cómo el cielo va cambiando de color a medida que el sol se oculta lentamente.

Todo el mundo afirma que le encantan las puestas de sol bonitas, pero luego la contemplan cinco minutos, hacen una foto y se van.

Lo mismo sucede con los sentimientos: pocas personas se quedan a contemplar todo lo que eres, te sienten cinco minutos, y se van.

EL CAMINO

Ya conozco este camino, no es la primera vez que me enfrento a él.

Es un camino complicado, a veces sus senderos se vuelven sinuosos. Es largo, muy largo, y hay momentos en los que sientes que nunca se va a acabar, que te vas a desfondar, que acabarás vacío, sin energías. Encontrarás muchas bifurcaciones que te harán dudar, que te harán sentir que estás perdido, y te bloquearás hasta quedarte inmóvil.

Si das rodeos, lo bordeas, evitas cruzarlo o buscas atajos, acabarás volviendo al punto de partida. Y ahí te sentirás exhausto, sin fuerzas. Ese es el propósito del camino: llevarte al límite, agotarte, paralizarte, hacerte caer en el desánimo, provocar en ti las ganas de rendirte, y que te pierdas.

Así es este camino, se llama decepción, y tendrás que atravesarlo cada vez que algo no salga como tú quieres.

TE MERECES

Te mereces a alguien que sepa ver lo que vales.

Te mereces a alguien que no dude entre otra persona y tú.

Te mereces a alguien que, si pudiera volver a elegir, te elegiría a ti de nuevo.

Te mereces a alguien que no influya en tu estabilidad emocional.

Te mereces a alguien que dé tanto por ti como tú das por él.

Te mereces a alguien con quien el amor sea una inversión y no un derroche.

Te mereces a alguien que te dé paz y que, si algún día se va, se vaya dando la misma paz.

Te mereces a alguien que entre tanta cultura del «yo y después yo» sepa escribir «nosotros».

Y si alguien no es así contigo, entonces no te merece a ti.

MIEDO FUTURO

Que las cosas salgan bien o mal es algo que no podemos saber antes de empezar algo con alguien, pero queremos tener la seguridad que nos impulse a actuar.

A veces, por miedo, nos quedamos paralizados.

A veces, por evitar un miedo futuro, nos perdemos un presente que podría ser único.

RENUNCIO AL JUEGO

No le pido a nadie que cumpla mis expectativas, porque nadie está aquí para eso, pero tampoco nadie me puede pedir a mí que no me exprese con honestidad.

Sé perfectamente qué me hace bien y qué me hace mal. Intento ser honesto conmigo mismo, porque no quiero hacer daño ni que nadie pierda el tiempo por mi indecisión, por no saber lo que quiero, por no conocerme a mí mismo. Tampoco quiero que actúen así conmigo.

Pensamos que los sentimientos son difíciles de interpretar, pero las experiencias me han enseñado que no lo son tanto cuando somos honestos, cuando miramos en el fondo de nuestro corazón y aceptamos lo que nos demanda.

Si mirar por mí significa jugar con los sentimientos de otras personas por mi ausencia de sinceridad conmigo mismo, renuncio al juego.

EMPEZARÁS A QUERERTE

¿A quién no le ha pasado arder en deseos de estar con alguien que no le hace bien, que incluso le hace daño? No dejarse llevar ante esta situación es complicado.

Por un lado, tu corazón ya sabe que no es ahí; está cansado de unir sus trocitos una y otra vez. Por otro lado, sin embargo, la cabeza te repite que quizá esta vez sea distinto. Y vences, vences a los ruegos de tu cabeza, más veces de las que querrías, menos de las que te imaginas. Así es como te dejas de querer por querer a personas que no te quieren.

Empezarás a quererte un poquito más cuando dejes de repartir tu amor entre la gente a la que le sobra. Cuando dejes de aceptar recibir menos de lo que das. Cuando empieces a elegir solo a quien te elige. Cuando pares de regalar tu tiempo a quien actúa con él como si te sobrara.

COMPARTIR, NO PERSEGUIR

Durante mucho tiempo perseguí a personas que aparecían en mi vida y me llenaban de felicidad.

Siempre elegía a esas personas antes que a mí, renunciaba a cosas que me hacían feliz por ellas, porque pensaba que el amor era eso: hacer todo lo posible por permanecer al lado de quien quieres.

Eso no es amor, el amor no es donde te sacrificas.

El amor es donde no tienes que renunciar a ti mismo.
No puedes ser feliz si tú dejas de ser, y tú eres sin necesidad de nadie más. El amor es donde, sin dejar de ser, sois.

Solo cuando dejas de perseguir a otras personas, comienzas un camino largo en el que te conoces, te aceptas y aprendes a quererte.

El amor es compartir con alguien,
y no perseguir a alguien.

CUARTA
cicatriz

Costumbres que vacían

Después de varias decepciones seguidas y desavenencias con el amor, nuestras vidas se cruzaron. Fue una de esas historias que empiezan muy bien, de ensueño, difícil de mejorar, digna de película. Los primeros años se pasaron volando. En algún punto, los traumas comenzaron a hacer acto de presencia, a pesar, a hacer mella, y con ellos aparecieron las actitudes que intoxican el amor. Algo en nosotros se rompió y, aunque quisimos disimularlo, ya nada volvió a ser como antes.

Aunque sé que lo que comenzó sin problemas cada vez se parecía más a un amor tóxico, nunca podrás decir que no te di una oportunidad, que no te expliqué muchas veces que aquello no era sano, que la atmósfera que envolvía nuestro amor estaba cada vez más contaminada. Fuiste sin duda la persona que más me ha querido, y eso siempre lo he tenido claro, pero también sé que no supiste quererme como necesitaba, y que yo, por mucho que intenté que me quisieras de una forma sana, no lo conseguí.

Lo intentamos, pero no pudo ser, y la culpa no fue de ninguno de los dos; simplemente no fuimos capaces de volver a aquella versión nuestra en la que el tiempo pasaba sin darnos cuenta, sin desconfianzas hirientes, sin reproches afilados, sin daños recurrentes.

Decidimos convivir durante demasiado tiempo con aquel rumor que habitaba en el corazón de ambos, que nos anunciaba un final que nos resistíamos a aceptar. No supimos salir a tiempo de aquella costumbre que nos impedía ser felices. No supimos ver a tiempo que ya no éramos lo que necesitábamos, y que, pese a poner de nuestra parte, no conseguiríamos volver a serlo.

Aquella fue la historia que me enseñó que el amor vive de la voluntad que tienen dos personas de quererse, pero, sobre todo, de la capacidad de ambas para entender como el otro necesita ser querido.

Aquella fue la historia que me enseñó que, cuando nos acostumbramos a actitudes que no son sanas, las costumbres terminan vaciándote.

LA SALIDA

Siempre era lo mismo: abría la puerta del coche y te encontraba con aquella cara de disgustada, de enfadada con el mundo.

Cogíamos la autovía hacia el mismo lugar y una vez más empezábamos a dispararnos reproches, como metralletas; parecía que nuestra munición era infinita.

Cuando nos dábamos cuenta, ya estábamos llegando al destino y firmábamos la paz, nos reiniciábamos las ganas, nos dábamos la oportunidad de volver a empezar, hasta nuevo aviso.

Sabíamos que no duraría mucho, que la escena se repetiría, y que ninguno de los dos se saldría del guion: guerra y después paz.

Convertimos aquello en costumbre. Siempre íbamos por esa autovía y pagábamos el peaje para evitar un camino más largo y complicado. Para evitar tomar aquella salida que tantas veces habíamos insinuado y a la que nunca nos adentrábamos por miedo.

Para evitar tomar aquella salida que sabíamos que separaría nuestros caminos, pero nos permitiría volver a ser felices.

DISTANCIA

La distancia

siempre pesa,
nos conduce a un mar plagado de
incertidumbre, hace que nos adentremos
en las profundidades de sus miedos,
y, poco a poco, nos hunde, muy hondo,
tan hondo que separa.

La distancia

pone espacio entre lo necesario y lo prescindible,
abre trecho entre lo que aporta y lo que sobra,
agranda las grietas de las dudas,
aleja cuerpos, pero nunca corazones.

Lo que nunca nadie nos dice es que la distancia no separa, solo
evidencia lo lejos que dos corazones se encontraban pese a estar
cerca.

LOS RECUERDOS PERDURAN

Vivimos añorando tener un futuro con una persona que no forma parte de nuestro presente.

Sí, cuando pensamos en el amor, casi siempre lo hacemos en términos de eterno. Nos gusta poder querer a esa persona el resto de nuestros días.

Quizá ese sea el error:
querer tener un amor
que no acabe,
que no cambie,
que sea eterno.

Pero el amor muchas veces termina, o se transforma en otro tipo de amor.

Si alguna vez encuentras ese amor, intenta vivirlo cada día como si mañana ya no fuese a estar, intenta cuidarlo como si mañana ya no pudieras hacerlo. Intenta vivirlo al máximo hoy, porque si mañana ya no está, toda la vida recordarás cómo lo viviste hoy.

El amor acaba, pero los recuerdos perduran.

LA AGUJA

El tiempo solo cierra heridas cuando eres tú quien
sostiene la aguja que las cose.

QUERERTE TANTO COMO A MÍ

«Te quiero más que a mí mismo» no es sinónimo de quererte bien, sino de lo mal que yo me quiero. No puedes querer bien a alguien cuando te olvidas de quererte a ti.

Por eso no conozco mejor forma de quererte que hacerlo como me quiero a mí mismo.

Todo lo bueno que deseo para mí, también lo deseo para ti.

Toda la paz que siento desde que me quiero bien, quiero compartirla contigo.

Todo ese amor que ahora me doy, también quiero dártelo a ti.

Porque ahora que cuido bien de mí, estoy preparado para cuidar bien de ti.

Por todo eso dejé de quererte más que a mí, para empezar a quererte tanto como a mí.

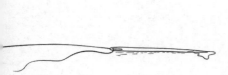

EL ESCONDITE

Nos contamos a nosotros mismos una historia que suena bien, donde todo cambiará y seremos dos personajes de un cuento con final feliz en el que acabaremos comiendo perdices.

«Uno, dos, tres…».

Huimos de la realidad que estamos viendo, la evitamos, buscamos la mejor forma de escondernos de ella y no ser encontrados.

«Quien no se haya escondido tiempo ha tenido…».

Hasta que la realidad nos encuentra, y corremos hacia el mismo lugar para intentar salvarnos, para empezar una nueva partida y volver a escondernos una vez más… Y a veces funciona, pero en algún momento la realidad acaba gritando nuestro nombre, y entonces ya no podemos seguir fingiendo más.

SIEMPRE ENSEÑA

El tiempo, todo gira siempre en torno al tiempo, en torno a lo que hacemos con él. Sabemos que el tiempo es algo que no regresa, pero no nos damos cuenta hasta que ha pasado.

Invertimos demasiado tiempo en personas que no lo merecen, y en otras ocasiones nos dejamos llevar por la inercia de una felicidad junto a alguien que no era más que un espejismo de lo que un día sí fue.

No podemos recuperar ese tiempo, pero sí podemos aprender de lo que hicimos con él, y no volvérselo a dar a personas que no consideren que estar con nosotros es una oportunidad única.

El tiempo también nos revela inseguridades que desconocíamos, que llevábamos dentro. Nos muestra las carencias que tenemos, nos enseña a respetarnos y a ser con nosotros mismos.

El tiempo siempre enseña. Eres tú el que decides si quieres aprender o no.

EL REENCUENTRO

Dicen que nadie muere por amor, y es verdad, aquí estamos para confirmarlo.

Pero cada vez que un amor ha acabado lo he llorado como si alguien hubiera muerto, he vestido a mi corazón de luto y he puesto ese amor en una tumba, antes de despedirme de él cuando estaba preparado.

Y es que en realidad el fin de un amor es una despedida: alguien ya no volverá a estar presente en nuestra vida. Aunque es cierto que esa despedida, a veces pronto, a veces tarde, siempre se convierte en una bienvenida.

La del reencuentro con nosotros mismos.

Aunque no queramos, lloramos unas cuantas despedidas antes de darnos cuenta de lo importante que es no perderse cuando perdemos a alguien.

LA JAULA

No nos damos cuenta,
pero a veces solo necesitamos
abrir la jaula,
ser libres,
volar cada uno por su lado.

UN SUSPIRO

Nos hartamos de leerlo, de decirlo, pero seguimos sin comprender que el tiempo no regresa, que todo lo que no hacemos y queremos hacer es perder el tiempo; lo perdemos también no teniendo la valentía de irnos de sitios donde ya no somos felices. Sitios en los que la sensación de ahogo es tal que incluso se nos hace complicado respirar.

Nos aferramos a la idea de que las cosas
volverán a ser como eran.

Ahí es cuando la vida se nos escapa,
entre suspiro y suspiro.

El día que te das cuenta de que la vida es un suspiro, dejas de darlos por otra persona.

JUNTOS POR FUERA, SEPARADOS POR DENTRO

Forzamos mucho el punto de inflexión,
provocamos la explosión.

Contenemos la onda expansiva,
entre las cenizas de lo que ya no aviva.
Creamos una atmósfera nociva,
intentando que el amor sobreviva.

Ya no queda nada de aquel todo,
ambos lo sabemos.

Pero aquí seguimos,
esforzándonos en hacernos bien,
mientras nos hacemos mal.

Hemos enjaulado nuestros corazones,
parecen felices, pero no dudarán en alzar
el vuelo cuando la puerta se abra.

Pero aquí seguimos,
juntos por fuera, separados por dentro.

MORIR POR DENTRO

Cuanto más te aferras a historias que están muertas, más mueres tú por dentro.

LO QUE NO VI A TIEMPO

Con el tiempo aprendí que mi mejor versión no era capaz de aparecer contigo, porque me quisiste mucho pero no supiste hacerlo bien, ya que, cada vez que esta nueva versión de mí intentaba emerger, tus miedos le cerraban la puerta de par en par.

Así fue como, por no renunciar a ti, empecé a renunciar a la persona que quería ser.

Renuncié a volar por quedarme en tierra contigo.
Renuncié a ver la realidad por vivir en un sueño que no existía.

Fue el tiempo el que me hizo ver que yo tampoco sabía quererte bien, porque no puedes querer bien a alguien cuando, para hacerlo, dejas de quererte a ti.

Quien te quiere quiere que te quieras como tú quieres quererte.

DONDE PODEMOS LLORAR

Siempre nos han dicho que realmente quieres a alguien cuando celebras sus alegrías, que sientes que eres de quien corres a buscar cuando tienes una buena noticia que contar.

Pero no es cierto, porque nuestras alegrías,
nuestros éxitos, nuestras buenas noticias son muy fáciles de compartir; todo el mundo va a estar dispuesto a estar por ti.

Cuando nos sucede algo malo, no es tan sencillo.
Porque, ¡ay!, ¡cómo cuesta contar lo que duele y no encerrarse en uno mismo! ¡Cómo cuesta decir que las cosas no nos han salido como esperábamos sin temor a que nos juzguen! Y, sobre todo, ¡cómo cuesta encontrar a alguien que esté con nosotros cuando lo único que nos apetece es llorar a lágrima viva!

De ahí,
de ahí es de donde realmente somos,
de donde podemos llorar y no se van.

CARGAS AJENAS

Te pueden decepcionar las formas de hacerlo, pero nunca debería decepcionarte que alguien deje de sentir por ti.

La libertad del amor también es esa: no hacerle cargar a alguien con la decepción de habernos dejado de querer.

EN MIL PARTES

Cuando se rompe algo en mil partes, tienes dos opciones: volver a unirlas pacientemente o dar lo roto por perdido. Que decidas volver a unirlo o darlo por perdido dependerá de la importancia y el significado que tenga para ti lo que se ha roto.

El problema es que, a veces, cuando decides recomponerlo, las partes se han roto tanto que, por mucho que lo intentes, no consigues hacerlas encajar de nuevo, porque su forma ha cambiado por completo, y cuando algo no encaja bien, se vuelve frágil, soporta peor las caídas, su desgaste cada vez es mayor y es propenso a volver a romperse.

En ocasiones, eso es lo que pasa cuando intentamos volver a unir relaciones: nos rompemos una y otra vez en cada intento, hasta que nos damos cuenta de que ya no somos los que fuimos, ni volveremos a ser lo que éramos para encajar.

Porque ahora somos dos partes de lo que no quisimos romper, pero que se hizo añicos. Porque ahora somos el resultado de ignorar que lo nuestro se estaba resquebrajando.

INCONDICIONALMENTE VULNERABLE

No nos enseñan a aceptar nuestras vulnerabilidades.

Nos enseñan
a ocultarlas,
a no mostrar nuestros miedos,
a fingir que las heridas no nos duelen,
a decir que estamos bien, aunque estemos mal.

Nos enseñan a ser fuertes, porque si somos fuerte soportamos mejor las cosas.

Pero no es cierto, porque nadie es más fuerte o más débil que otro, solo hay personas que son capaces de gestionar mejor sus emociones, de liberarse de sus cargas con mayor facilidad, de expresar lo que sienten y aliviarse. Estas son personas con la suficiente valentía de aceptar sus vulnerabilidades.

Nos rompemos antes o después por un motivo o por otro, y de eso nadie se salva, nadie tiene la fórmula para no venirse abajo nunca.

Nadie nunca está preparado para decir adiós a la persona que quiere.

Nadie nunca está preparado para que le fallen y no sentir dolor.

Nadie nunca está libre de miedos o de inseguridades.

Todos tenemos limitaciones,
heridas pasadas,
miedos por superar,
nos equivocamos,
somos imperfectos.

Deberíamos aceptar nuestras vulnerabilidades, tener el coraje de mostrarnos como somos, con nuestras imperfecciones. Porque admitir que somos vulnerables nos acerca a los demás, nos muestra más humanos, nos hace más reales, nos ayuda a conocernos y nos hace ser más empáticos.

Las cosas nos afectan,
nos duelen, tenemos miedos, somos inseguros, necesitamos expresar cómo nos sentimos.

Solo cuando aceptamos que somos seres incondicionalmente vulnerables, construimos nuestras fortalezas, y sobre ellas vamos forjando nuevas versiones de nosotros, nunca perfectas, pero siempre un poquito mejor que las anteriores, más capaces de superar miedos e inseguridades, que se quieren más y que están más a gusto con quienes son.

Entonces, y solo entonces, cuando nos queremos más, nos permitimos vivir la vida con plenitud, aceptando que el amor y el dolor forman parte de ella.

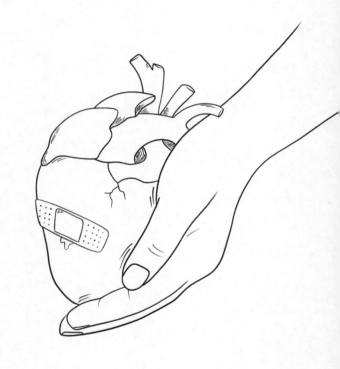

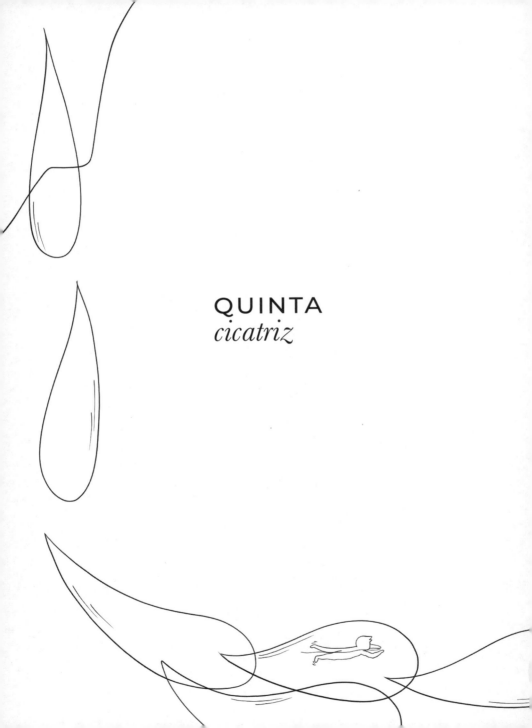

QUINTA
cicatriz

Un mar de lágrimas

Creo que fuiste una historia dura; de hecho, no lo creo, lo fuiste. Demasiado dura… Aunque no sé si de las que más, porque cuando las heridas han cerrado, cuesta recordar cuánto dolían cuando estaban abiertas.

Lo que es seguro es que fuiste una de esas historias que no llegan a ocurrir, y esas, por desgracia, se atascan, se clavan muy adentro, se alimentan constantemente de la esperanza de que quizá un día pasen. Te roban las energías y te desgastan emocionalmente. Hacen que las ganas y la autoestima jueguen a un tira y afloja, pero las ganas acaban tirando con tanto ímpetu que la autoestima cede, cae al suelo y es arrastrada.

Me equivoqué contigo, pero te pinté tan bien, con unos trazos perfectos, unos colores equilibrados y una luz tan deslumbrarte que no fui capaz de ver cómo eres realmente. Me recordabas a una historia pasada que me hizo mucho daño, pero ignoré las señales, preferí quedarme con aquella obra esbozada con las partes de ti que no existían. La verdad es que me viste de lejos, la presa perfecta, preparaste la trampa y caí en ella. Allí estuve, alimentando tu ego mientras me dejaba de querer.

Empezaron a pasar los días, pero no las penas, esas no querían marcharse… Se agarraron con fuerza, hasta que empecé a llorarlas, y llorarlas, y llorarlas… De esa forma, entre llanto y llanto, pude ir viendo quién eras, cada lágrima me alejaba más de ti y me acercaba más a mí. Un día, tras muchas batallas internas, las lágrimas dieron paso a la fuerza; la fuerza, a las ganas de quererme, y las ganas de quererme, a sacarte definitivamente de mi corazón.

Aquella fue la historia que me enseñó que hay lecciones aprendidas que en ocasiones olvidamos, pero que la vida siempre está vigilante, para ponerte a prueba, para que vuelvas a aprender lo desaprendido.

Aquella fue la historia que me enseñó que, mientras reprimes el dolor, no te atraviesa, y hasta que no lo hace, no para de perforarte.

Aquella fue la historia que me enseñó que, en ocasiones, entre el dolor y la felicidad hay un mar de lágrimas.

YA ESTÁ BIEN

Hablo con mis lágrimas de ti.
Su frecuencia se multiplica,
se normaliza,
ya es costumbre.

Están cansadas de verme así,
roto, abatido, sin ganas.
De que siempre seas tú
el motivo de su visita.

Lo cierto es que yo también
me he cansado de verme así.
De acostumbrarme a ellas,
de hablarles tanto de ti,
de seguir esperando algo
que no va a suceder.

Eso hace que me pregunte
qué hay mal en mí para seguir echando
de menos a la razón de mis penas.

Te justifico, te convierto en alguien
que no eres, en alguien que me hace bien,
que no me abandona cuando mis lágrimas
me hablan de ti.

Pero creo que ya está bien.
De intentar que seas tú
quien me salve.
De ir a tu encuentro y volver
lamiéndome las heridas.

Ya está bien de seguir buscando a alguien
que sabe de sobra dónde encontrarme.

LA PROMESA

Mis miedos se han cansado de escribir tu nombre.

Me han dicho que renuncian,
que su trabajo está hecho,
que ya no les asusta perderte.

Se marchan porque han perdido el pulso frente a mis ganas de
aprender a quererme sin que estés a mi lado.

Mis miedos se han cansado de escribir tu nombre.

Están exhaustos,
no pueden más.

Se retiran con la promesa de no regresar más siempre que
acepte que no volverás, que necesito partir hacia ese lugar
donde ya no te necesito.

SABÍA QUE NO ERAS TÚ

¿Cómo ibas a ser tú si por cada noche que dormía tranquilo me pasaba tres sin dormir?

¿Cómo ibas a ser tú si detrás de cada momento feliz a tu lado se escondían muchas lágrimas?

¿Cómo ibas a ser tú si estando contigo me alejaba de mí?

¿Cómo ibas a ser tú si, por muchas ganas que yo le pusiera, para ti nunca era el momento adecuado?

¿Cómo ibas a ser tú si cada vez que te decía algo bonito tú cambiabas de tema?

Sabía que no eras tú, pero tenía tantas ganas de que fueras tú que me creí mi propia mentira.

ESA ADRENALINA LLAMADA AMOR

Parece que hubiese que vivir
como si no estuviésemos vivos,
reduciendo la intensidad de lo que sentimos.

Todo son indicaciones para no sentir.

«No te pilles, que la cagas».
«No te entregues, que sufrirás».
«No des tanto, que la gente no lo valora».
«No muestres lo que sientes, que se asustan».
«No te ilusiones, que te la pegas».

Qué jodida pereza me da pensar
en una vida sin sentimiento,
sin emocionarme por las cosas,
en la que la ilusión está en aislamiento,
donde las pulsaciones están controladas.

Te la pegas más que aciertas, y cuando
vas con todo, el salto es de triple mortal
y el impacto suele ser letal.

Me he hecho experto en triples mortales,
sé saltar y caer mejor, aunque eso no impide
que me la pegue.

Mientras tanto, seguiré saltando, estampándome,
levantándome,
volviendo a saltar.

Pero no renuncio a esa adrenalina llamada amor.

PELIS DE MIEDO

De pequeños, hay películas que no podemos ver. Nos dan mucho miedo,

nos aterran, no nos dejan dormir, nos persiguen en sueños que se convierten en pesadillas.

Va pasando el tiempo, crecemos y vemos las cosas de otra forma, desde una perspectiva distinta, controlamos el miedo poco a poco.

Entonces volvemos a visualizar aquella película y ya no nos asusta para nada, el corazón no se acelera ni nos tiemblan las piernas, la miramos desde la serenidad y empezamos a percibir detalles que el miedo nos impedía distinguir, entendemos su mensaje.

Con los recuerdos sucede lo mismo, al principio nos da mucho miedo ver las escenas que hay en ellos, pero crecemos y, con el paso del tiempo, somos capaces de comprender el aprendizaje que hay tras su dolor.

VACÍOS

Lleno se sale de casa, pero es cierto que en
ocasiones llega alguien que consigue llenarte
más rápido.

Lo que nadie te dice es que lo que rápido se
llena rápido se vacía.

Qué complicado es llenar nuestros vacíos, pero
más complicado aún es llenar vacíos que están
repletos de recuerdos.

Qué difícil es sentirme lleno cuando todos mis
vacíos están repletos de ti.

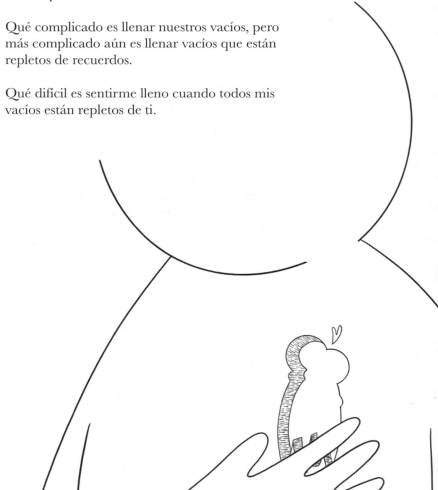

ACEPTARSE A UNO MISMO

Sí, yo a veces también me he sentido mal por decirle a alguien lo que sentía, por entregarme, por dar «mucho», y he pensado: «Eres gilipollas».

Me he castigado, me he ahogado en mis pensamientos y he creído que el error era mío, que quizá había querido demasiado, y me he sentido terriblemente culpable por haberme pillado de alguien, por ilusionarme y no saber ver a tiempo que esa persona, pese a que decía que sí, no tenía las mismas ganas de mí que yo de ella.

Pero me di cuenta de que el fallo no era mío, que no hice nada malo por sentir lo que sentía, por ser sincero conmigo mismo y con la otra persona, por haberme dejado guiar por mi corazón. ¿Acaso hay algo más auténtico que actuar en consecuencia a lo que nuestro corazón nos pide?

Tampoco es que diera mucho, di lo mismo que creía merecer, pero a veces se lo di a la persona incorrecta, y de eso sí he de aprender. Pero no quiero dejar de dar, no quiero dar menos.

Al final, damos lo que somos, lo que sentimos. Cuando alguien vale mucho y siente mucho, da mucho.

No me da miedo sentir como siento, ni expresar lo que expreso, ni admitir que soy una persona de hierro con un corazón de cristal. Eso es lo que me ha hecho ser quien soy, y ser quien soy me gusta mucho.

LÁGRIMAS AHOGADAS

Cuántas veces pensé en tus palabras,

en todo lo que me decías, en intentar descifrar los sentimientos que ocultabas tras ellas.

Cuántas veces me paralizó el miedo que me daba ver cómo te alejabas de mí.

Cuántas veces mi melodía del día fueron mis llantos desconsolados por el pesar que me causaba perderte sin entender qué estaba haciendo mal, sin entender tu indiferencia al marcharte.

Sin entender que, mientras que yo no tenía dudas de que quería escribir la siguiente página de mi historia a tu lado, tú nunca tuviste intención de escribir la tuya junto a mí. El tiempo demostró que yo para ti solo fui un pasatiempo.

Y al final los llantos se convirtieron en lágrimas ahogadas en el dolor de haberme perdido por no perderte a ti.

LA VENDA

La venda en los ojos no la pone el corazón.
La venda en los ojos se va tejiendo al ritmo de los
golpes en la autoestima que alguien que quieres te
va dando.

No puedes controlar sus golpes, pero sí esquivarlos.
Aunque, en ocasiones, esquivarlos es como
esquivar un tornado.

ERES COMO SIENTES

No hay que exigir ni pretender que nadie cambie su forma de sentir, pero tampoco hay que dejar que intenten convencernos de que igual deberíamos cambiar la nuestra.

Habrá gente que *a priori*
mostrará interés en ti,
tratará de que reduzcas marchas,
de que vayas a su ritmo,
porque considerará que el suyo es el correcto,
que tú vas demasiado rápido.

Las personas no sentimos rápido ni lento, simplemente sentimos.

Si a alguien le da miedo que tú sientas y lo hagas con todo, es que esa persona no encaja contigo, y tú no encajas con ella. Hay pocas cosas más egoístas que condicionar la forma en la que te quieren a tu forma de querer.

Eres como sientes, y como sientes es tu identidad.
Nunca nadie valdrá tanto como para poner en riesgo
lo que tú eres.

«TODO» ASUSTA

Vivimos una época en la que parece que haya que vivir los sentimientos a la mitad.

Emociónate solo a la mitad, no vaya a ser que te la pegues. Entrégate solo a la mitad por si acaso te rompen. Muéstrate a la mitad, que igual si muestras todo lo que eres se cansan rápido de ti.
Soy de las personas que, si lo da, lo da todo.

No sé querer a medias,
ilusionarme solo a ratos,
interesarme solo por momentos,
tener ganas de alguien solo algunos días,
ser solo la mitad de lo que soy,
dar solo la mitad de lo que tengo.

Si no te doy todo lo que soy, ¿cómo serás capaz de saber quién soy?

Parece que darlo todo asusta, pero a mí lo que me asusta precisamente es perderme todo por el miedo a no darlo todo.

EN EL FONDO

En el fondo, siempre supe cómo eras.

Fría en la distancia,
abrasante en la proximidad.

Herida en el amor,
buscando la cura en los demás,
como quien busca la aguja en un pajar.

Cerrada a dar cariño,
mientras absorbías el de los demás.

En el fondo, fui yo quien esperó que fueses algo
que no sabías ser.

En el fondo, fui yo quien te llevó hasta el extremo,
y ahí nos hiciste prisioneros. Acabaste con lo que
nunca fue con la rapidez de quien nunca estuvo.

SIN FILTROS

Filtros, todo son filtros, mires donde mires, en las redes y fuera
de ellas.

Da la sensación de que es necesario usar filtros para todo, tanto
para lo físico como para lo emocional.

Para parecer más guapo, esconder nuestras intenciones, volverse
insensible, parecer inaccesible.

Para no hablar de nuestros sentimientos,
parecer de piedra y fingir que nada nos afecta.
Para gustarle a los demás antes que a nosotros mismos.

Usamos tantos filtros que al final nos quedamos sin ellos
cuando realmente los necesitamos, porque cada día cuesta más
diferenciar si algo es real o fingido.

Me gusta la gente natural, con sus imperfecciones, que no
piensa que mostrarse vulnerable es un signo de debilidad, sin
miedo a sentir, que se preocupa más de gustarse a sí misma que
de gustarle a los demás.

Me gusta la gente que va sin filtros en el corazón.

LO ÚNICO QUE LE PIDO AL MIEDO

Cada vez que le dedicas tiempo a alguien, le regalas un trozo de ti que ya nunca recuperarás.

He regalado muchos trozos de mí a personas que no lo han valorado, esquivando el miedo a no ser correspondido.

Ahora, lo único que le pido al miedo es que no me prive de dárselo a quien realmente se lo merece.

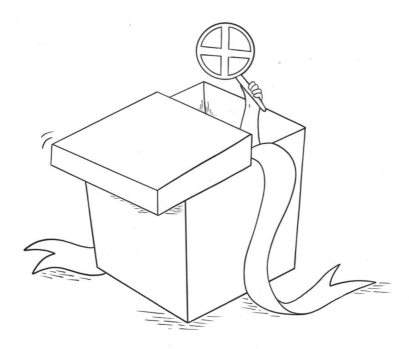

UNA SUPERFICIE QUE HACE AGUAS

¿De qué sirve un envoltorio bonito cuando lo de dentro está vacío?

Nos fijamos en un exterior que nos atraiga, y después nos cuentan que lo importante está en lo mental. Pero de poco sirve tener gustos e intereses comunes si esa persona no es capaz de comprenderte en lo más importante: lo emocional.

Conectamos realmente con alguien cuando entiende nuestras emociones, cuando entiende cómo nos sentimos, cuando le interesan nuestros gustos porque le interesamos como persona, no por nuestras aficiones.

Nos quedamos en una superficie que hace aguas, porque lo que importa de verdad es lo que no vemos.

La superficie todo el mundo es capaz de verla, pero muy pocas personas se atreven a explorar nuestras profundidades, y lo valioso siempre está ahí.

RUINAS

Me he roto tantas veces que sé muy bien cómo
volver a unir mis piezas.

Me he roto tantas veces que cada vez me da
menos miedo volver a hacerlo.

Me he roto tantas veces que ya sé en qué lugares
no debo quedarme.

Han sido tantas las veces que me he roto que ya
conozco la fórmula para reconstruirme cuando
estoy en ruinas.

PIEZAS QUE NO ENCAJAN

Conocer a alguien es como completar un puzle: tienes muchas piezas que no sabes cómo encajar.

A veces es complicado y te dan ganas de rendirte, pero entonces miras de nuevo a esa persona y la entiendes mejor, observas la forma de esas piezas y todo encaja.

Pero no puedes hacer un puzle si no tienes todas las piezas, y ahí es donde solemos fallar. Ocultamos parte de lo que somos, de lo que sentimos, haciendo imposible que nos conozcan por completo.

Y aunque pueden ser difíciles, los puzles siempre encajan, no hay que forzarlos.

Eso es lo que nos pasa a veces: que son tantas nuestras ganas de estar con alguien que nos obcecamos en forzar piezas que no encajan.

UN YO QUE ECLIPSA A UN NOSOTROS

Claro, tú eres tú, y yo soy yo.

Y no quiero que para que un «nosotros» sea posible, tú dejes de ser tú.

Lo que sí necesito que entiendas es que «nosotros» es un universo tan grande que tiene espacio suficiente para que tu mundo y el mío sigan en movimiento.

A veces la proyección del «yo» es tan grande que eclipsa a un «nosotros».

EL ESPEJISMO QUE MÁS DUELE

Vislumbré el espejismo que más duele.

Ese que hace que se pare el tiempo mientras los días avanzan.

Ese que hace que me mienta para creer en ti.

Ese que hace que me traicione para confiar en ti.

Ese que hace que me haga daño para salvarte.

Ese en el que veo que no sientes por mí, pero lo espero.

Ese en el que finjo que no sé que finges.

Ese en el que me imagino cómo sería que tú me quisieras de la forma en que yo te quiero a ti.

Vislumbré el espejismo que más duele. Ese que me hizo ver un oasis de esperanza en medio del desierto de tus sentimientos.

MARCHARME A TIEMPO

Dicen que hay que saber llegar a tiempo, pero también hay que saber marcharse.

Porque, cada vez más, permanecer a tu lado solo me distancia más de mí.

Porque, cada vez más, permanecer a tu lado me recuerda una historia que ya he vivido y de la que conozco su final.

Porque, cada vez más, permanecer a tu lado se parece a una caída de la cual ya me levanté.

Porque, cada vez más, sé marcharme a tiempo.

POR UNOS CUANTOS *LIKES*

¿De qué sirve hablar con cuarenta personas y conectar con ninguna? Parece que tenemos la necesidad de alimentar nuestro ego a costa de otros.

Con lo bonito que es conocer a alguien a quien le puedas contar tus problemas, que te muestre empatía, que tenga ganas de hablar contigo por el mero hecho de que quiere saber de ti.

Con lo bonito que es poder quedar con alguien que sientas que te entiende, que bajo sus abrazos te sientas resguardado, que tras sus besos encuentres sinceridad y no solo ganas de llevarte a la cama.

Con lo bonito que es poder pasear con alguien de la mano sintiendo que eres lo que busca.

Con lo bonito que es poder llorar con alguien y saber que va a intentar calmarte.

Hemos cambiado eso por unos cuantos *likes* y unas cuantas personas diciéndonos lo perfectos y guapos que somos.

ÚLTIMA
cicatriz

El peso de los (d)años

Te sentías identificada con mi forma de ver el amor, de entender las relaciones. Me contaste tus heridas, las cosas que te hicieron, lo que sufriste, pero no me di cuenta de que lo que me estabas contando era la herida que me ibas a abrir.

Empezamos a conocernos, parecías sincera, había comunicación y ganas, se sentía real, parecía que todo marchaba bien y que eras una persona que se merecía mi tiempo. Pero, sin previo aviso, y sin siquiera verte, sentí que me ibas a fallar. Cuando conoces mínimamente a alguien, incluso a través de una pantalla, notas si está rara, y cuando eso ocurre sin motivo aparente, por mucho que disimule, el motivo eres tú.

Dicen que más sabe el zorro por viejo que por zorro, y aunque no soy viejo, como he jugado bastantes partidas a esto del amor, sé oler la fragancia de un adiós.

Aun así, no dejé que aquellos pensamientos se apoderasen de mí, prefería seguir concediéndote mi confianza. Sin embargo, como ocurre la mayoría de las veces, cuando sientes algo, es porque algo hay. Y así fue: un domingo cualquiera me levanté, y allí estaba ese mensaje tuyo confirmando mis sensaciones. Me decías que había reaparecido alguien en tu vida y que tu corazón lo había elegido.

No negaré que me dolió y que me sentí un poco juguete, alguien con el que te divertiste y que cambiaste cuando apareció el que estabas esperando y realmente te hacía ilusión. Sentí que todo lo vivido fue fingido. No puede ser de otra manera cuando, después de estar conociendo a alguien durante un tiempo, te cambian por una cuenta pendiente.

Pero me alegró comprobar que esta versión mía era diferente

a las otras. No rogaba por amor, no pedía que se quedaran, aceptaba el dolor de un adiós sin perderse en él. Tenía en cuenta todas las enseñanzas que sus otras versiones le habían transmitido. Ya no se escondía a lamerse las heridas.

Aquella fue la historia que me enseñó que, por mucho y bien que te quieras, la herida siempre se abre si lo que sentías era real, pero que cuanto mejor te quieres, más sencillo es gestionar el dolor, más rápido cicatriza la herida.

Aquella fue la historia que me enseñó que el peso de los daños no siempre es malo.

«LO FÁCIL ES ABURRIDO»

Son las experiencias las que te hacen abandonar la idea de que lo fácil es aburrido.

Creo que el mayor error está en plantear el amor como un reto, en romantizar la idea de que cuanto más complicado, mayor será la recompensa; de que cuantas más adversidades superadas, más bonito será.

El amor no es idílico, pero desde luego tampoco debe ser una lucha.

Cuando conoces a la persona indicada, las cosas son sencillas, no se complican, no hay esfuerzos titánicos por alcanzar ese amor idealizado; precisamente porque cuando el amor es sano y real, no se idealiza.

A CORAZÓN ABIERTO

Por mucho que pasen los años y por muchas experiencias que tenga, nunca entenderé a esa gente que de un día para otro es capaz de romper una rutina de la cual formas parte, e irse como si nunca hubiera estado en tu vida.

Antes, cuando esto me pasaba, pensaba que no era válido, pero el paso del tiempo me ha demostrado que hay personas que no saben marcharse sin hacer daño, o que sencillamente nunca estuvieron. Hay personas que, como no saben estar solas, solo se van cuando han cambiado en su corazón tu nombre por otro nombre. Hay personas que basan su autoestima en sentirse deseados y no en saber quererse.

Así que, cuando esto te suceda, no te culpes, no te restes valor, no te sientas insuficiente. Simplemente, agradécete por ser como eres, ya que son muy pocos los que tienen miedo, pero nunca dejan que este les impida sentir desde la sinceridad.

Son muy pocos los que no tienen miedo a ir por la vida a corazón abierto.

AL PUNTO

He hecho tantas veces de tripas corazón
que la receta me sale al punto.

PERO YA NO

Siempre vuelven con las manos llenas de promesas vacías.

Vuelven sin hacerse responsables de los daños causados, como si no fueran culpables de tanto estropicio.

Te tratan como si nada hubiera cambiado, como si no hubiera pasado el tiempo. Piensan que siempre vas a estar ahí esperándolos, entre tus ruinas.

Ya no le das pie al dolor,
a la entrega, al sufrimiento,
a dar sin recibir nada,
a esperar que cambien,
a los te quiero pasajeros.

Antes lo hacías, pero ya no.

Ahora has aprendido que,
ante un amor en diferido,
hay que darse por vencido.
Que no hay amor desmedido,
sino interés fingido.
Que, cuando no es correspondido,
el corazón acaba malherido.

Ahora has aprendido a no romperte para que otros se cosan.
A quererte sin necesidad de mentirte.
A querer sin tener que sacrificarte.
Que es mejor irte que sufrir por quedarte.

Antes lo hacías, pero ya no.

EQUILIBRIO

A veces las historias de amor te llevan al desamor propio.

Otras, es el desamor el que te lleva al amor propio.

Cuando el amor propio y el amor que sientes por alguien se dan el uno sin el otro, las cosas nunca salen bien.

Quererse y querer.
Querer y ser querido.

Solo cuando encuentras el equilibrio, empiezas a tener historias en las que de verdad te sientes pleno.

QUE ME CUENTES

Una de las cosas con las que más disfruto en la vida es con una buena charla, pero no sobre lo mucho que sabes, no sobre lo interesantes que puedan ser tus temas de conversación, sino sobre tus experiencias vitales, sobre tus emociones.

Que me cuentes quién eres a través de tus emociones, cómo ves la vida según tus sentimientos, qué sueños persigues y qué miedos te impiden intentar alcanzarlos, qué cicatrices tienes y lo que te han enseñado.

Que me cuentes todo eso para saber mejor cómo entenderte, para saber mejor cómo ayudarte, para saber quererte mejor cuando algo te duele, para saber mejor cómo cuidarte.

Que me cuentes todo lo que eres para que yo pueda contarte todo lo que podemos ser.

Porque ves el doble de lejos cuando tienes los sentimientos cerca.

JUSTIFICACIONES QUE SE CLAVAN

Hay dos formas de afrontar la vida: aceptando o justificando.

Aceptar, aunque es duro, te permite crecer a la larga. Justificar, sin embargo, termina haciéndote daño.

Pero, sin duda alguna, las justificaciones que más daño nos causan son las que empleamos para disculpar las acciones de quien nos hace daño. Esas se clavan como puñales.

Eso es lo que solemos hacer en muchas ocasiones: clavarnos el puñal por alguien a quien queremos, mientras nos desangramos de amor.

Justificar el daño,
vestirlo de excusas,
disfrazarlo de amor,
escondernos de él.

Olvidarnos de que, para ser felices, no necesitamos sufrir.

EL BOTÓN DE LOS SENTIMIENTOS

Me da mucho miedo ver cómo nos hemos convertido en una sociedad en la que todo es muy fugaz, en la que todo se olvida a una velocidad pasmosa.

Y sucede lo mismo con los sentimientos.
Parece que tengamos un botón que, al pulsarlo, nos haga dejar de sentir de la noche a la mañana.

Un botón que nos quita toda la ilusión por esa persona *ipso facto*. Que nos vuelve fríos y distantes. Que hace que olvidemos a esa persona a la misma velocidad que chascamos los dedos.

Un botón que nos deja regular cuándo sentir más intensamente y cuándo menos.

Ese botón, el de los sentimientos.

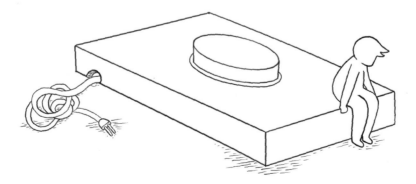

TE QUIERO LIBRE

La vida son idas y venidas; venidas que ilusionan mucho e idas que duelen aún más.

Entre tantas, espero que te quedes, pero si algún día decides que tienes que irte, estaré feliz, porque sabré que es lo que tú necesitas, que es lo que tú quieres, y yo te apoyaré siempre en las cosas que a ti te hagan bien.

Si no hago esto, ¿cómo podré decir que te quise bien, que nos quisimos bien? Después de todo, querer bien es eso: aceptar que alguien que quieres, que alguien que te quiso, necesita alzar el vuelo y partir lejos de ti. Esto no significa que ya no te quiera, lo que ocurre es que ya no te quiere de la misma manera, y saber querer también es asumir eso: que el amor tiene distintas formas, y hay que saber disfrutar de cada una de ellas.

Te quiero, pero te quiero libre, porque cuando atas, el amor se contamina.

QUE TU AMOR SEA

Que el amor que tengas sea uno de esos que no ciega, sino que te hace verlo todo con claridad.

Uno de esos en los que no entregas tu corazón, sino que lo compartes con alguien que esté dispuesto a cuidar de él.

Uno de esos que no sea verdadero solo con palabras, sino que te quiera bien de verdad.

Uno donde no se hace todo por amor, sino con amor.

Que te complementa y no te completa. Donde no quieres que lo haga por ti, sino contigo.

Un amor de esos que no duele, sino que se disfruta.

Que tu amor sea uno de esos que no te ponga las cosas difíciles siempre, sino que siempre te haga sentir en calma.

CONOCEDOR DE

Solo cuando te muestras vulnerable, es cuando pueden conocer
a tu verdadero yo. Ahí es donde habita.

Entre tus cicatrices,
entre lo que te hace daño,
entre lo que te da miedo,
entre lo que te genera inseguridades.

Ese es tu yo verdadero, el otro es tu yo perfecto.

Sin sufrimientos,
sin cicatrices,
sin cargas a su espalda.

Es quien no te deja avanzar libre,
impide que penetren en ti con facilidad,
lleva la armadura que, en lugar de proteger, te aleja de los
demás.

Cuando uno está seguro de lo que quiere, y de que se quiere, no
evita el daño, lo acepta, conocedor de que, para ilusionarse, hay
que estar dispuesto a decepcionarse.

Conocedor de que, cuando las cosas se sienten, duelen cuando
se acaban.

Conocedor de que una vez ya pudo, y volverá a poder.

AMOR CONSCIENTE

El amor sale bien cuando es consciente, no cuando
vive en el mundo de los sueños.

CUANDO EMPIEZAS A CUIDARLO

Un parche solo oculta el roto que hay detrás. Tarde o temprano, el parche cede, se desprende, revela de nuevo la rotura.

Desviar la atención de lo que duele es eso, un parche.

Alivia, pero no cura.
Tapa, pero no cierra.
Camufla, pero sigue ahí.
Esconde, pero no desparece.

Mientras tanto, el dolor continúa ahí, sollozante, reclamando tu atención, creciendo mientras lo ignoras, volviéndose más fuerte.

El dolor solo cesa cuando empiezas a cuidarlo.

AMOR PROPIO

Qué difícil es quererse y no fallarse.

Parece que nombras la palabra «amor» seguida de «propio» y todas tus heridas desaparecen, tus miedos corren a esconderse, tus inseguridades se desploman, y tú ya no cometes los mismos errores que antes.

Es muy bonito, pero se aleja mucho de la realidad; el amor propio es un camino plagado de baches emocionales.

Unos días te querrás un montón, sentirás que tienes una resistencia férrea contra todo lo que te hace daño. Otros, correrás despavorido, porque lo que te hace daño puede contigo.

Hay que dejar de mitificar tanto todo lo que rodea al amor, ya sea propio o ajeno.

El amor propio se trabaja a base de errores, daños, ganas de aprender.

Aun así, no garantiza que no vuelvas a tropezar en lo mismo, pero sí ayuda a no cruzar tus límites hacia el dolor.

QUERER SIN HACER DAÑO

Todos cometemos errores. Y eso es tan cierto como que hay errores que ya se sabe que harán daño. Perdonar es una opción, pero evitar el daño también lo es. Hay personas que aprenden recibiendo la hostia, otras aprenden dándola. Y otras solo aprenden cuando no les concedes el perdón tras dártela.

No se trata de no perdonar, sino de saber qué cosas no toleras y, por tanto, no perdonas. Eso también es quererse: respetar tus límites y no perdonar a quien no los respeta, a quien los sobrepasa aun a sabiendas de que haciéndolo te daña.

Y no, no te sentirás mejor perdonando a los demás como dicen por ahí: «Para perdonarte a ti mismo, primero tienes que perdonar a los demás». Como si tuviéramos complejo de santos, como si, además de haber sido heridos por quien queríamos, tuviéramos que sentirnos culpables por no perdonarle, por elegirnos a nosotros, en lugar de a ellos.

Te sentirás mejor cuando compruebes que por fin has aprendido a respetarte, a elegir a las personas que no necesitan hacerte daño ni para quedarse ni para acercarse.

No es perfección, es ser consecuente con lo que das, porque si tú tratas de querer sin hacer daño, te mereces a alguien que te quiera igual.

Porque si tú eres capaz de respetar sus límites, te mereces a alguien que respete los tuyos.

Porque una cosa es equivocarse y otra es dar donde duele.

DE MÍ PARA MÍ

Siento todas las veces que te fallé.

Que di más por otras personas que por ti.

Que hice algo aun sabiendo que te dolería.

Que, pese a haberte visto llorar por una situación que te hacía daño, te pedí que siguieras ahí.

Que te hice sentir como una mierda.

Que hui de la realidad y no fui valiente.

Que te dije te quiero, pero no supe quererte.

Sobre todo, siento todas las veces que te culpé. Todas las veces que no supe ver lo que valías. Por eso te escribo hoy, para que nunca olvides lo que vales.

Hoy escribo de mí para mí.

SIN PREVIO AVISO

Hay personas que son como la brisa.

Llegan sin previo aviso,
calmando con su roce,
aportando tranquilidad,
aliviando males,
haciéndote olvidar todas tus
preocupaciones en unos segundos,
son refugio por momentos.

CALIDEZ

Eres calidez; como esa llama que prende
en la chimenea a la que te quieres acercar.

Que te da calor.
Que te reconforta.
Que te abraza sin tocarte.

Eres calidez, sí, la calidez de donde te sientes
como en casa. Eres hogar.

FOGONAZOS DE PASIÓN

No, ya no quiero las cosas con intermitencia; de esas ya he tenido muchas.

Ya no quiero en mi vida a una persona que a veces me quiere a su lado, pero otras le sobro. Que a veces lo tiene todo claro, pero otras solo siembra dudas.

Ya no quiero a alguien que no entienda que el amor no siempre abrasa con la misma intensidad, pero nunca hiela.

Ya no quiero a alguien que no entienda que el amor o lo agarras con todas tus fuerzas, o se escapa.

No, porque el amor, cuando es intermitente, acaba fundiendo tu luz, te apaga. Porque el amor, cuando es intermitente, te quita más energía de la que te da.

El amor es constancia donde no faltan fogonazos de pasión que lo vuelven a encender cuando está a punto de consumirse.

EN CALMA

En calma,
así me siento cuando estás,
así me siento cuando te vas.

En calma, así te sientes cuando el amor
te inunda, pero no te ahoga.

LA CHISPA

A veces me pregunto si es posible encontrar la chispa sin que se lleve la calma, y encontrar la calma sin que se agote la chispa.

Aunque, si lo pienso, el amor del bueno es eso: calma con chispazos, sin altibajos. Es la estabilidad que a veces lidia con momentos de bajón y otras goza de momentos de auge, pero que ante todo es estabilidad.

No es esa montaña rusa de emociones, que unos días te hace estar mal y otros días bien.

Y LLEGASTE TÚ

Y llegaste tú para reafirmarme en la idea de que dos corazones no se pertenecen, se merecen.

Para probar que libres ya venimos de casa, que quien te quiere atar de cerca es porque le da miedo lo lejos que puedes volar.

Para poner en práctica que quererse bien y mucho es posible.

Para enseñarme que la distancia entre dos personas no se mide en el espacio que las separa, sino en todo lo que hacen para impedir que ese espacio las separe.

Para demostrarme que te podías quedar sin necesidad de que yo me marchara.

Y llegaste tú para poner a prueba todo lo que mis cicatrices me habían enseñado.

AGRADECIMIENTOS

Los agradecimientos son quizá la parte menos grata, no por el agradecimiento en sí, sino por no olvidarte de nadie. Intentaré que esta no sea una de esas veces.

En primer lugar, quería dar las gracias a Alba y Marco (mis editores), por haberme transmitido su ilusión y ganas en todo momento al leer mi libro. Ni os imagináis lo importante que es para alguien primerizo y que intenta expresar con palabras lo que sentimos ver que el mensaje llega y les remueve, que es bonito y que toca donde debe tocar. Como digo, soy nuevo en esto, pero si tuviera que volver a elegir unos editores por primera vez, os elegiría a ambos sin dudarlo. Agradecer también a toda la gente de Penguin Random House que ha estado implicada en el proceso para que este libro saliese adelante.

Te toca a ti, Marta, porque has sido parte fundamental de este libro, es increíble la facilidad que tienes y con la sencillez que haces de las palabras ilustraciones, y de las ilustraciones sentimientos. Me encanta cruzarme en la vida con personas que aprecien la sensibilidad de los sentimientos, que se sientan conectadas a ellos, y creo que tú eres una de esas personas. Te deseo toda la suerte del mundo en tu carrera, te sigo de cerca y espero que podamos volver a trabajar juntos, ya sea en próximos libros o juntándonos por Instagram para dar palabra e imagen en alguna de tus ilustraciones que tanto me gustan.

La siguiente persona a la que me gustaría agradecer es a Selu, porque desde que empecé a escribir mis textos en Instagram tú siempre me apoyaste, y no dudaste que llegaría a conseguir lo que me propusiese. En parte, muchas de las historias de este libro las has vivido en primera persona, porque has estado ahí para escucharlas cuantas veces necesitaba contártelas. Te tengo más presente de lo que quizá te manifieste, y sé que tú a mí también. Ojalá todo el mundo tuviera la suerte de tener un amigo como el que yo tengo.

Ahora tú, Aina, por ser mi compañera de vida, mi amiga, la persona que me cuida y me anima cuando mis días son más grises. Por ser la persona con quien corroborar que la idea del amor que mis experiencias me han ayudado a entender existe, que en el amor cuando alguien quiere, puede, y tú desde un inicio pudiste por mí. En lo relativo al libro, me apoyaste desde el primer momento, y siempre vi en tus ojos la ilusión de quien no miente, la alegría de quien está feliz por ver feliz a quien quiere alcanzando sus metas. Por todas esas crisis de creatividad y agobio que de vez en cuando sufro debido a Instagram, en las que tú estás para apoyarme. Que escribir sobre sentimientos es bonito, pero escribir con realidad y no con tinta los que yo siento por ti lo es el doble. *Testimo.*

Por último, gracias a todas aquellas personas que de corazón os hayáis alegrado por mí.